W9-ASR-835

	DATE DUE	
	suarema juli 101	

Retold in both Spanish and English, the universally loved story *The Little Mermaid* will delight early readers and older learners alike while introducing them to the two languages. The striking illustrations give a new look to this classic tale, and the bilingual text makes it perfect for both home and classroom libraries.

Relatado en inglés y español, el universalmente conocido cuento de *La sirenita* deleitará tanto a quienes están comenzando a leer como a lectores avanzados, al mismo tiempo que los introducirá a los dos idiomas. Las bellas ilustraciones le dan una nueva vida a este cuento clásico. Por su texto bilingüe, este libro es perfecto para usar en el hogar o en bibliotecas escolares.

First published in the United States in 2003 by Chronicle Books LLC.

Adaptation © 1999 by Oriol Izquierdo.
Illustrations © 1999 by Francesc Capdevila (Max).
Spanish/English translation © 2003 by Chronicle Books LLC.
Originally published in Catalan in 1999 by La Galera, S.A.
All rights reserved.

Spanish/English translation by SUR Editorial Group, Inc.
Book design by Eun Young Lee.
Typeset in Weiss and Handle Old Style.
Manufactured in China.

Library of Congress Cataloging-in-Publication Data
Izquierdo, Oriol.
[Little mermaid. English & Spanish]
The Little mermaid = La Sirenita / adaptation by Oriol Izquierdo ; illustrated by Max.
p. cm.
ISBN-10: 0-8118-3911-7   ISBN-13: 978-0-8118-3911-2
I.   Title: Sirenita. II. Max, 1956- III. Andersen, H. C. (Hans Christian), 1805-1875.
Lille havfrue. English & Spanish. IV. Title.
PZ74 .I97 2003
[Fic]–dc21
2002007787

Distributed in Canada by Raincoast Books
9050 Shaughnessy Street, Vancouver, British Columbia V6P 6E5

10 9 8 7 6 5 4

Chronicle Books LLC
85 Second Street, San Francisco, California 94105

www.chroniclekids.com

THE LITTLE MERMAID

—

LA SIRENITA

ADAPTATION BY ORIOL IZQUIERDO
ILLUSTRATED BY MAX

chronicle books · san francisco

Once upon a time, in the deepest region of the ocean, there was a palace where the king of the sea lived. The king was widowed long ago, and now his mother looked after the palace and her six granddaughters, the princesses of the sea.

The princesses were all lovely, but the littlest was the most beautiful of all. Like her sisters, she had no legs and her body ended in a fish tail.

Había una vez, en lo más profundo del mar, un palacio donde vivía el rey del mar. El rey había enviudado hacía mucho tiempo, y ahora su madre se ocupaba del palacio y de sus seis nietas, las princesas del mar.

Eran todas muy lindas, pero la más pequeña era la más hermosa de todas. Igual que sus hermanas, no tenía pies y su cuerpo terminaba en una cola de pez.

The little mermaid had a garden as round as the sun, with flowers as red as the sun. In the center stood a statue of a boy that the waves had washed in.

"When you are fifteen," their grandmother would say to the princesses, "you can go out and lie on the rocks in the moonlight. You'll be able to see the ships, forests and cities."

~

La pequeña tenía un jardín redondo como el sol, con flores rojas como el sol. Y en el centro había una estatua de un niño, traído por las olas.

—Cuando cumplan quince años —decía la abuela—, podrán salir y descansar en las rocas bajo un claro de luna. Podrán ver los barcos, los bosques y las ciudades.

When the oldest mermaid turned fifteen, she swam to the surface of the sea. "The most beautiful thing to see is a city," she said on her return. "Its lights are like the stars."

The next year it was the second mermaid's turn. "The sun turns golden when it sets. It lights all the clouds on fire," she said.

"Children swim in the river," said the third a year later.

"From the open sea, the sky looks like an immense crystal ball," reported the fourth.

"Mountains of ice float in the sea," said the fifth, whose birthday was in winter.

~

Cuando la mayor cumplió quince años, nadó hasta la superficie.

—Lo más bonito es ver la ciudad —dijo al regresar—, y sus luces que brillan como estrellas.

Al año siguiente le tocó a la segunda.

—El sol parece de oro al ponerse y enciende las nubes de rojo.

—Los niños se bañan en el río —dijo un año más tarde la tercera.

—Desde alta mar el espacio es abierto y el cielo parece una inmensa bola de cristal —les contó la cuarta.

—En invierno aparecen montañas de hielo en el mar —dijo la quinta, que cumplía años en invierno.

4

The little mermaid sighed, "How I would love to be fifteen like my sisters and know the world of people."

Time passed, and at last the little mermaid celebrated her long-awaited fifteenth birthday.

"Now you are grown up," said her grandmother, placing a crown of lilies and pearls on her head.

And dressed like a maiden from the sea, the little mermaid rose as lightly as a bubble to the surface.

~

Cómo me gustaría tener quince años como mis hermanas para conocer el mundo de los seres humanos. —suspiraba la sirenita.

El tiempo siguió su curso y finalmente la sirenita celebró su ansiado cumpleaños.

—Ya eres mayor —le dijo su abuela, vistiéndola con una corona de lirios y perlas.

Y ataviada como una doncella del mar, la sirenita subió a la superfice, ligera como una burbuja.

5

Aboard a great ship on the high sea, a prince was celebrating his birthday. The little mermaid saw him and couldn't take her eyes off him.

Suddenly the sky went dark and a terrible storm broke. The mast split and the ship began to sink. The prince was going to drown in the Realm of the Sea!

The little mermaid rescued the prince, laid him on a beach and swam away. Hiding behind seafoam, she watched to make sure he was safe.

It wasn't long before a group of children arrived led by a beautiful young girl in royal dress. Through half-opened eyes, the prince saw the girl and smiled.

En un gran barco en altamar se celebraba el cumpleaños de un príncipe. La sirenita lo observaba sin poder apartar sus ojos de él.

De pronto el cielo se oscureció y se desató una terrible tormenta. El mástil se partió, y el barco comenzó a hundirse. ¡El príncipe iba a hundirse en el reino del mar!

La sirenita rescató al príncipe, lo tendió en la playa y se alejó. Escondida detrás de la espuma del mar, vigilaba para estar segura de que el príncipe estuviera a salvo. Poco después llegó un grupo de niños guiados por una hermosa muchacha vestida de princesa.

The mermaid returned many times to that beach, but she never saw the prince again.

"Do men live forever if they don't drown?" the mermaid asked.

"Their lives are shorter than ours," her grandmother explained. "We live to be three hundred years old before turning into the foam of the waves. They die earlier, but their souls go up to the stars."

"I'd give up three hundred years to be a person for just one day," said the little mermaid, thinking about her prince.

"Don't say such things! To achieve that you would have to lose your tail, and a man would have to love you, giving you his soul without losing his own."

La sirenita volvió varias veces a la playa, pero nunca más logró ver al príncipe.

—Si los hombres no se ahogan, ¿viven para siempre?

—Su vida es más breve que la nuestra —le contaba su abuela—. Nosotros llegamos a vivir hasta trescientos años y luego nos transformamos en la espuma de las olas. Ellos mueren antes, pero su alma sube hasta las estrellas.

—Yo daría trescientos años por un solo día de ser humana —decía la sirenita pensando en el príncipe.

—¡Ni lo digas! Para lograr eso deberías perder la cola, y un hombre debería amarte dándote su alma, pero sin perder la suya.

The little mermaid sought the sea witch, who lived beyond the whirlpools.

"I know what brings you here," the witch said. "You want to change your fish tail into two legs and make the prince fall in love with you. Well, I have a potion that will change your tail into legs. But each step you take will feel like the cut of a knife."

"Yes," said the little mermaid.

"If you take the potion, you won't be able to go back to your father's palace. And if the prince marries someone else, your heart will break and you'll turn to foam."

"I understand," whispered the little mermaid.

"The spell has a price: your voice, the most captivating of the sea."

The little mermaid accepted being mute and paid the price.

~

La sirenita buscó a la bruja del mar que vivía del otro lado de los torbellinos.

—Ya sé a qué vienes —le dijo—. Quieres cambiar la cola de pez por dos piernas y enamorar al príncipe. Si te tomas este brebaje, la cola desaparecerá. Pero a cada paso te parecerá que pisas un cuchillo afilado.

—Sí —dijo la sirenita.

—Nunca más podrás volver al palacio de tu padre. Si el príncipe se casa con otra se te partirá el corazón y te convertirás en espuma.

—Comprendo —murmuró la sirenita.

—El hechizo tiene un precio: tu voz, la más cautivadora del mar.

La sirenita aceptó ser muda y pagó el precio.

The little mermaid went to the land of the prince and drank the potion. She immediately fainted in pain.

She awoke to find the prince gazing at her.

"Who are you? Where did you come from?" he asked.

She gazed back at him with sad blue eyes, unable to speak.

"You remind me of someone who once saved me from drowning."

The prince was kinder to her than he had ever been to anyone. Each day she loved him more, but she could not tell him.

La sirenita llegó a tierras del príncipe y tomó el brebaje. En seguida se desmayó del dolor.

Al despertar, el príncipe la estaba mirando fijamente.

—¿Quién eres? ¿De dónde vienes? —preguntó el príncipe.

Ella lo miró con sus ojos azules y tristes, sin poder hablar.

—Me recuerdas a alguien que me salvó de morir ahogado.

El príncipe la trató como no había tratado a ninguna otra persona. Y la sirenita lo amó cada vez más, pero sin poder decírselo.

9

One day it was announced that the prince was to marry the princess of a neighboring country.

"I must go meet her," he told the little mermaid, "but no one can force me to marry. My heart belongs to the one who saved me."

The prince and his attendants arrived in the neighboring country to a great party. The princess was as lovely as a fairy-tale queen.

"It's you!" the prince said to her. "You found me on the beach and saved me. What joy!"

The little mermaid felt her heart breaking. The prince would never be hers. She would return to the sea, changed forever into foam.

⁓

Un día se anunció el compromiso del príncipe con la princesa de un país vecino.

—Debo ir a verla —le dijo a la sirenita—. Pero nadie puede obligarme a que me case. Mi corazón pertenece a quien me ha salvado.

Cuando el príncipe y sus acompañantes llegaron al país vecino fueron recibidos con una gran fiesta. La princesa era tan bonita que parecía una reina de cuento.

—¡Eres tú! —le dijo el príncipe—. Tú me encontraste en la playa y me salvaste. ¡Qué felicidad!

La sirenita sintió que se le partía el corazón. El príncipe ya no sería de ella. Y ella regresaría al mar, transformada en espuma.

10

Sailing back to the palace after the wedding, the little mermaid sat on the deck, waiting for dawn. Her sisters suddenly appeared.

"Take this knife," said the eldest, "and plunge it into the prince's heart before the sun rises."

"If you do it, your tail will grow back," said the second sister. "Hurry, the sun is coming up. If you don't do it you'll die."

En su viaje de regreso al palacio una vez celebrada la boda, la sirenita se sentó en la cubierta del barco a esperar el alba. De pronto, aparecieron sus hermanas.

—Toma este cuchillo —dijo la mayor—. Húndelo en el corazón del príncipe antes de que salga el sol.

—Si lo haces, te volverá a crecer la cola —agregó la segunda—. No dudes, que el sol ya se acerca. Si no lo haces morirás.

The prince and his young bride were asleep behind a purple curtain. The little mermaid approached them and kissed the prince's forehead. Then, she raised the knife in her trembling hand. But she threw it furiously into the waves. Thinking of the prince, she leaped over the side, and her body dissolved in the foam.

"Where am I going?" asked the mermaid and her voice sounded different.

"To the daughters of the air," answered several melodious voices. "Now you will live with us in the Realm of the Air."

El príncipe y su joven esposa descansaban detrás de una cortina púrpura. La sirenita entró y besó al príncipe en la frente. Luego alzó el cuchillo con mano temblorosa. Pero lo lanzó con furia hacia las olas. Con el príncipe en los ojos, saltó por la borda y su cuerpo se disolvió en la espuma.

—¿A dónde voy? —preguntó la sirenita y su voz sonó diferente.

—Hacia las hijas del aire —respondieron varias voces melodiosas—. Ahora vivirás con nosotras en el Reino del Aire.

Also in this series:

Jack and the Beanstalk ✦ Little Red Riding Hood ✦ Cinderella
Goldilocks and the Three Bears ✦ The Sleeping Beauty

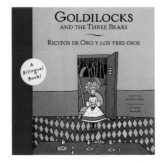 

También en esta serie:

Juan y los frijoles mágicos ✦ Caperucita Roja ✦ Cenicienta
Ricitos de Oro y los tres osos ✦ La bella durmiente

Max is a well-known illustrator of children's books, posters and record covers. His comics are published throughout the world. He won the Big Award at the Barcelona International Còmic Festival in 2000, as well as the Best Book Award in 1989 and 1996 and the Best Script Award in 1998. In 1997 he received the National Award for Children's Illustration from the Spanish Ministry of Culture.

Max es un reconocido ilustrador de libros infantiles, posters y cubiertas de discos. Sus ilustraciones han sido publicadas en todo el mundo. Ha ganado el Gran Premio del Festival Internacional del Cómic de Barcelona en el año 2000, el Premio al Mejor Libro en 1989 y 1996, y el Premio al Mejor Guión, en 1998. En 1997, el Ministerio de Cultura de España le otorgó el Premio Nacional de Ilustración Infantil.